L'IDYLLE
DU PAUVRE !

PAR

René-Pierre LARRIEU

PRIX : 1 FRANC

PARIS

LÉON VANIER, ÉDITEUR

19, quai Saint-Michel, 19

1879

L'IDYLLE DU PAUVRE !

C. MOTTEROZ

L'IDYLLE
DU PAUVRE!

PAR

René - Pierre LARRIEU

PARIS

LÉON VANIER, ÉDITEUR

19, quai Saint-Michel, 19

1879

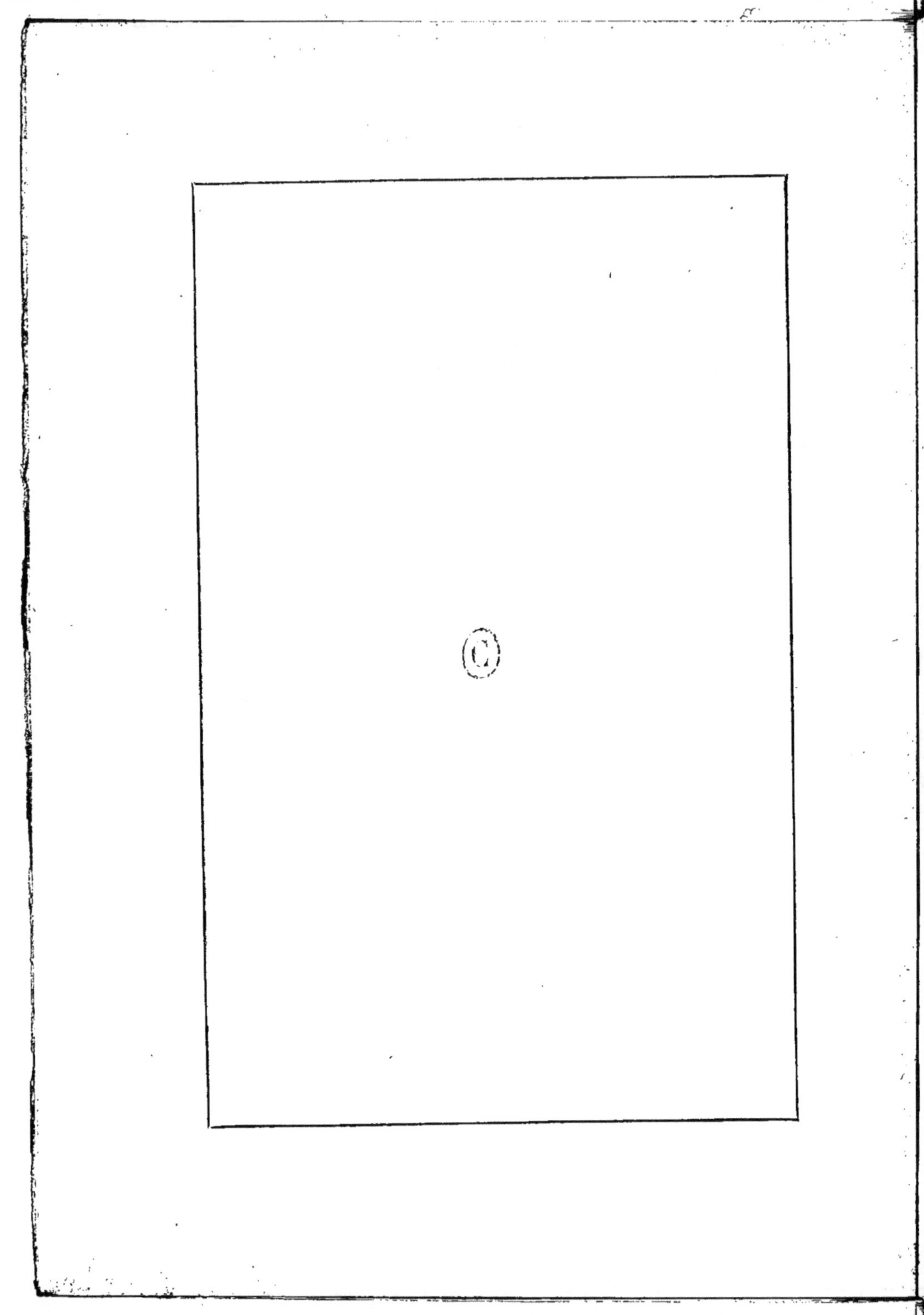

A Mademoiselle L. de C.

Hommage

de respectueuse et profonde amitié.

René-Pierre LARRIEU

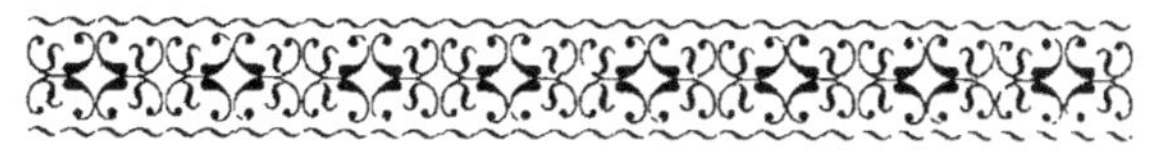

L'Idylle du Pauvre !

C'était un pauvre gueux, mais c'était un bon père,
Chaque jour lui donnait un modeste salaire ;
Cela lui permettait d'avoir un peu de pain ;
Et quand sa jeune femme, allaitant un bambin,
Venait à lui, le soir, avec un doux sourire,
Il se sentait tout autre, et posait sans rien dire
Sa lèvre sur ce front implorant un baiser.
Son cœur, plein de sanglots, paraissait s'apaiser,
Et tout en lui mourait : colère et sombre haine.
Ce regard, ce baiser, savaient rompre sa chaîne,
Il redevenait homme, et son œil triomphant,
Errait, ivre d'amour, de la femme à l'enfant.

Parfois, quand le patron possédait l'humeur gaie,
On augmentait un peu le montant de la paie,
Et ces jours-là, du vin s'ajoutait au repas ;
Le rêve de la veille avançait d'un grand pas.
On endormait l'enfant pour causer plus à l'aise,
On s'asseyait, rieurs, sur une même chaise ;
On parlait d'avenir, et l'on s'embrassait mieux...
Ainsi que deux oiseaux, timides et frileux,
Ils s'enfermaient bien seuls pour goûter leur ivresse ;
Ils se disaient qu'enfin ils avaient la jeunesse,
Que le malheur se lasse et fuit devant l'amour...
Et c'étaient des baisers, des rires, tour à tour ;
Et les mains dans les mains, la bouche sur la bouche,
Ils voyaient d'un autre œil la dure et pauvre couche ;
Ils lui prodiguaient vite et dentelle et satin...
Et l'on vivait ainsi, joyeux, jusqu'au matin.

L'âme du pauvre, hélas ! va, glanant l'espérance !
Riches, comme la vôtre, elle rêve tout bas.
A l'ombre des beaux soirs, oubliant sa souffrance,
Elle écoute une voix... ne la réveillez pas !
Il lui faudrait bien peu pour aimer et sourire !
Pâle spectre de mort, pleurant son abandon,
Riches, plaignez-la, quand elle semble maudire,

Des torts qu'elle n'a point eus, signez le pardon !
Ne vous détournez pas lorsqu'elle vous implore ;
Découvrez devant elle un coin de votre ciel ;
Donner la joie au pauvre est un plaisir encore
Que vous seul possédez et qui reste immortel.
Laissez, laissez du moins aux humbles l'espérance !
Ne raillez pas les pleurs qu'ils répandent tout bas :
Laissez en paix leur âme oublier sa souffrance.
Quand l'amour les unit, ne les réveillez pas !

Donc, quoique très-pauvre, on s'aimait dans la mansarde.
Un soir, irrité, sombre et la face blafarde,
Il rentra, l'œil sanglant et s'assit dans un coin.
Comme un rire moqueur, on entendait au loin
Éclater le bruit sourd et confus de la foule,
Qui, sans but, bat les murs comme une femme soûle.
Soudain, il se dressa... La mère eut un frisson :
Le regard de cet homme, hier encor si bon,
Laissait tomber du feu comme un rouge cratère,
Et c'est avec un ton de terrible colère
Qu'il bégaya ces mots : « Ma chère, apprends ceci :
Le patron est trop riche et nous a dit : merci !
Il veut se reposer et ferme la boutique.
La chose est simple et n'a point besoin qu'on l'explique ;

Nous trouvant sans ouvrage, on va manquer de pain !
Le patron se repose... on peut mourir de faim ! »
Sa face s'empourpra comme un brasier de forge,
Un cri rauque et strident s'échappa de sa gorge,
Et cet homme, et ce père, étreignant son enfant,
Sentit son cœur faiblir, et vit comme du sang !

O honte ! saura-t-on jamais ce qui se passe
Dans un cœur qui se tord sous ce mal qui l'enlace,
Avec lequel il lutte et se débat en vain,
Fantôme aux doigts crochus qu'on appelle la faim !
La faim ! dont la voix est comme l'écho d'un bouge,
Qui va la nuit, rasant les murs, fumante et rouge,
Un couteau dans la poche et le bras retroussé.
Aspirant les vapeurs du sang qu'elle a versé,
Elle rampe, elle glisse et tue ainsi qu'un fauve,
Nouant un voile noir autour de son front chauve ;
Elle sait où l'on pleure, et chaque pauvre toit
L'entend aux mauvais jours, parler haut de son droit.
Sur toute humble douleur elle frappe monnaie ;
Le crime est sa fortune... elle veut qu'on la paie !
Elle fouille, cynique, et réduits et grabats,
Et lorsqu'un égaré se jette sur ses pas,
Elle déverse en lui son sinistre courage ;

Elle le couve alors d'un regard plein de rage,
Elle saisit une, arme et la rive à sa main,
Et hurle en bondissant : Tu n'es qu'un assassin !

C'était un honnête homme : il souffrit sans se plaindre ;
Tel il avait vécu, tel il voulait s'éteindre.
Non qu'il fût lâche, ou moins prompt que les compagnons,
On savait son histoire et quels étaient ses noms :
Un jour, oubliant tout, sur une barricade,
Noir de poudre et de sang, à plus d'un camarade,
Son corps avait servi comme de bouclier.
Il joua sa vie et sans se faire prier,
Après l'action, fit trente parts de sa gloire ;
Il laissa les ingrats et leur fausse victoire,
Revint à l'atelier et reprit son labeur,
Comptant sur l'avenir, sans reproche et sans peur.

Dix jours s'étaient passés. Le pain devenait rare ;
L'œil de cet homme, ainsi que celui d'un avare,
Se faisait sombre et froid, quand la mère en pleurant
En coupait un morceau pour nourrir son enfant !
L'année allait finir, et Décembre, fidèle,
Hurlait à pleins poumons sa complainte éternelle ;
Ils étaient sans abri, car n'ayant pu payer

Ce qu'ils devaient, hélas! de leur pauvre loyer,
On les mettait dehors comme une marchandise
Qu'on ne garde, après tout, qu'autant qu'on l'utilise.
La neige s'amassait et le froid était dur.
Des ombres grelottaient au coin de quelque mur,
Et le vent soulevait des tourbillons de glace.
On entendait pleurer des âmes dans l'espace
La rue était déserte, et des foyers éteints
Montait le cri vengeur des sombres lendemains.
Ils allaient, emportant avec eux leur misère.
Le bambin souriait. La femme aidait le père.
Dès le jour, on avait lentement entassé
Tout ce qui survivait encore du passé.
Et marchant désormais sans but, à l'aventure,
Après soi l'on tirait et douleur et voiture.
Ils allaient!... Tout à coup l'homme fit un faux pas,
Il voulut se dresser, mais il ne le put pas...
Il roula de nouveau, la face dans la boue,
Et son corps se tordit et craqua sous la roue
D'un énorme fourgon qui passait au grand trot....

La femme regardait!... Pour elle c'était trop!
Une pâleur affreuse envahit son visage...
La sueur l'inondait, ses dents claquaient de rage.

Son œil eut un éclair et farouche et brûlant...
Quoi! cet amas de chairs, c'était là son amant!
Quoi! c'était là ce père au dévoûment sublime!
Elle eut comme un élan inspiré par le crime...
Tout son corps exhalait une sauvage odeur
Et sa moelle fondait... Ses doigts, avec fureur,
S'accrochaient aux lambeaux de cet être sans vie,
Et sa bouche aspirait sa suprême agonie!
Son sein se déchira, car elle avait compris!
Elle avait cru rêver, son cœur s'était mépris...
Mais elle s'éveillait, et devant l'évidence
Elle pleura. Son âme eut un sanglot immense!...
Puis quand on mit le père auprès de son enfant,
Tout en elle étant mort, d'un œil indifférent,
Elle vit ce cadavre et ces boucles dorées
Mêler comme autrefois leurs ombres adorées,
Et ce fut d'un air froid, inconscient, fatal,
Qu'elle s'achemina vers un lit d'hôpital!

René-Pierre LARRIEU.

Avril 1878.

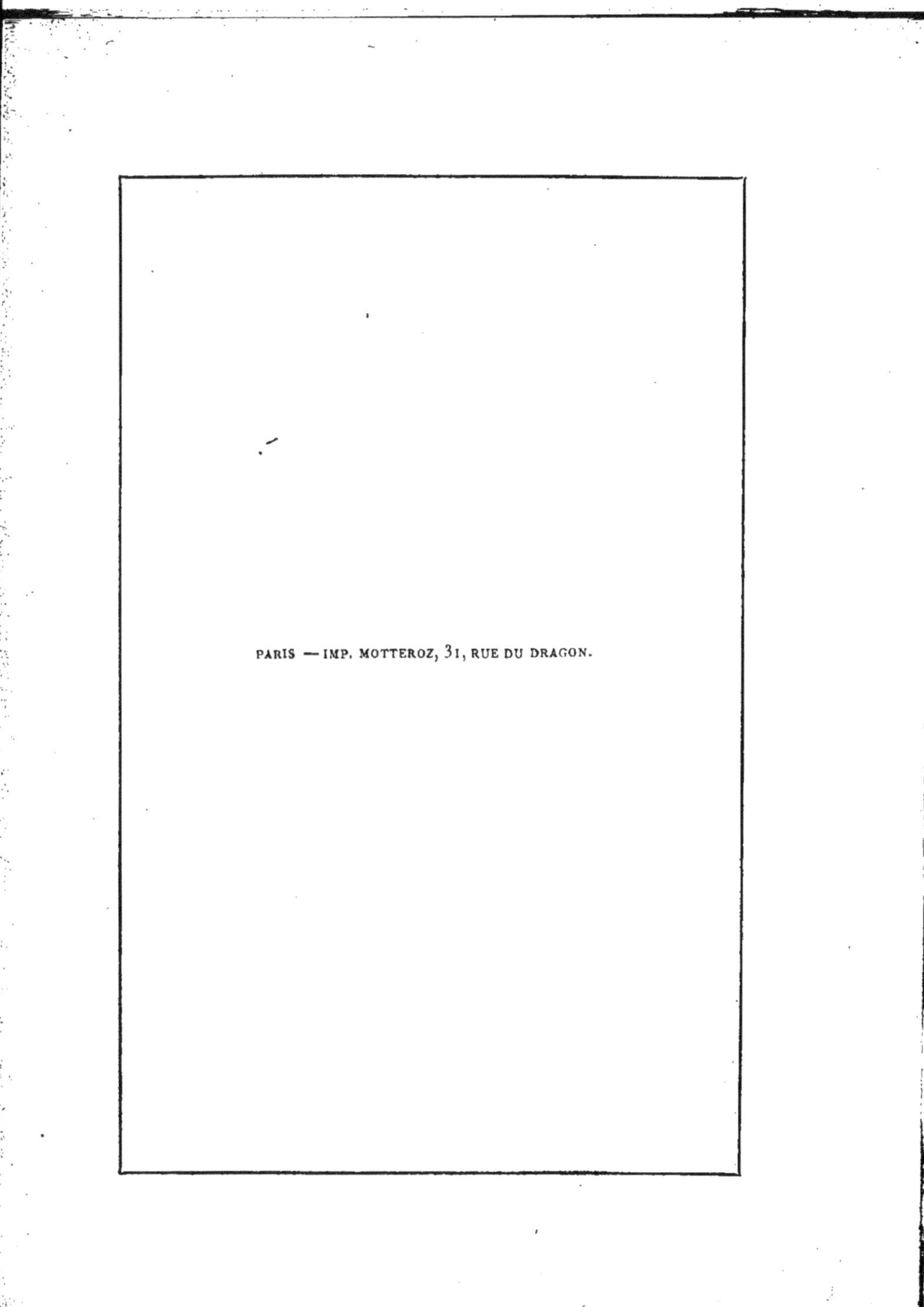

PARIS — IMP. MOTTEROZ, 31, RUE DU DRAGON.